CW00847809

Tom

Jeordy

Dean

Orla

A mes chéris C., A., R., qui m'inspirent et me supportent.

Texte et illustrations de Julien Lu
Loi n° 49-956 du 16 juillet 1949.
sur les publications destinées à la jeunesse.
Dépôts légal : Juin 2021

Julien Lu

WOMPELTON EXPRESS

L'EXPRESS

Visite de printemps

ZIPPY
VEG GARDEN
MARSHES
MOUNTAINS
FOREST
FARM

Découvrez les héros de la série Wompelton Express dans leur premier livre de la saison « printemps », L'Express.

Voici Orla, Jeordy, Tom, Mia et Dean ! Les cinq meilleurs amis !
Alors que le train d'Alfred arrive dans le village de Wompleton, nos petits amis sont impatients de rencontrer l'équipage de choc, d'explorer les surprises à bord, de déguster de délicieuses boissons, de manger de succulentes friandises et d'y voir des choses fantastiques.

Ils iront de wagon en wagon, faisant des rencontres et des découvertes qui les mèneront vers leurs trois prochaines aventures de la saison.

Essayez de repérer Zippy, l'escargot présent sur presque toutes les pages du livre.

« Bienvenue ! » dit Alfred à l'approche des cinq amis.

Soudain, une musique retentit à tue-tête depuis le wagon voisin. Rico Loco, Duckzinzin et Schweinleouf jouent l'un de leurs airs favoris.

« Et voilà ! ça commence... !
Quelle pagaille vont-ils encore faire aujourd'hui ? »

FÈVES DE CACAO
MENTHE

Les amis se dirigent vers le premier wagon, où Margaret et Marguerite préparent leurs célèbres mocktails.
Le délicieux mélange de Marguerite, Berry Bliss, est fait avec les fraises les plus sucrées, de la menthe bien fraîche et le lait onctueux et crémeux provenant directement de leur propre ferme.
Pendant ce temps, Margaret sert le Chocoboom, une association explosive de cacao pur et d'une pointe de piment.

Alors qu'ils engloutissent leurs mocktails au chocolat, Jeordy demande à ses amis : « Savez-vous comment on fabrique le chocolat ? »

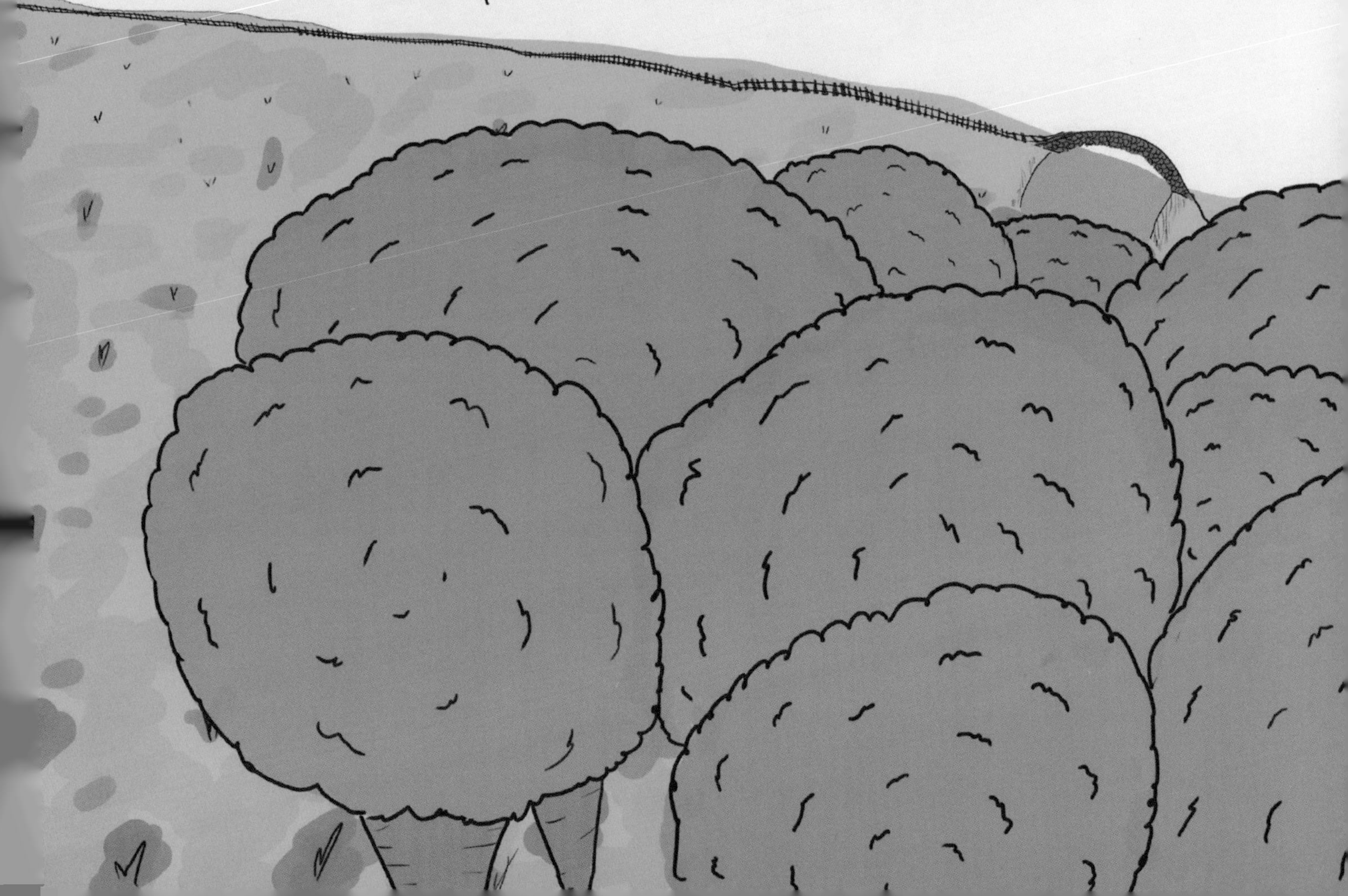

Il explique :
« Au fin fond de la jungle amazonienne...
vivent LES CHOCOONS, les cousins des ratons laveurs...
RACOON
LES COUSINS
CHOCOON
ils adorent les fèves de cacao et s'empiffrent toute la journée...
... et c'est ainsi, dans l'usine de recyclage de caca des Chocoons, que sont fabriquées nos délicieuses tablettes de chocolat, nos truffes fondantes et autres gourmandises. »
CHOCOON FACTORY

Perplexe suite à la théorie de Jeordy sur l'usine des Chocoons, notre petit monde abandonne prudemment les mocktails au chocolat.

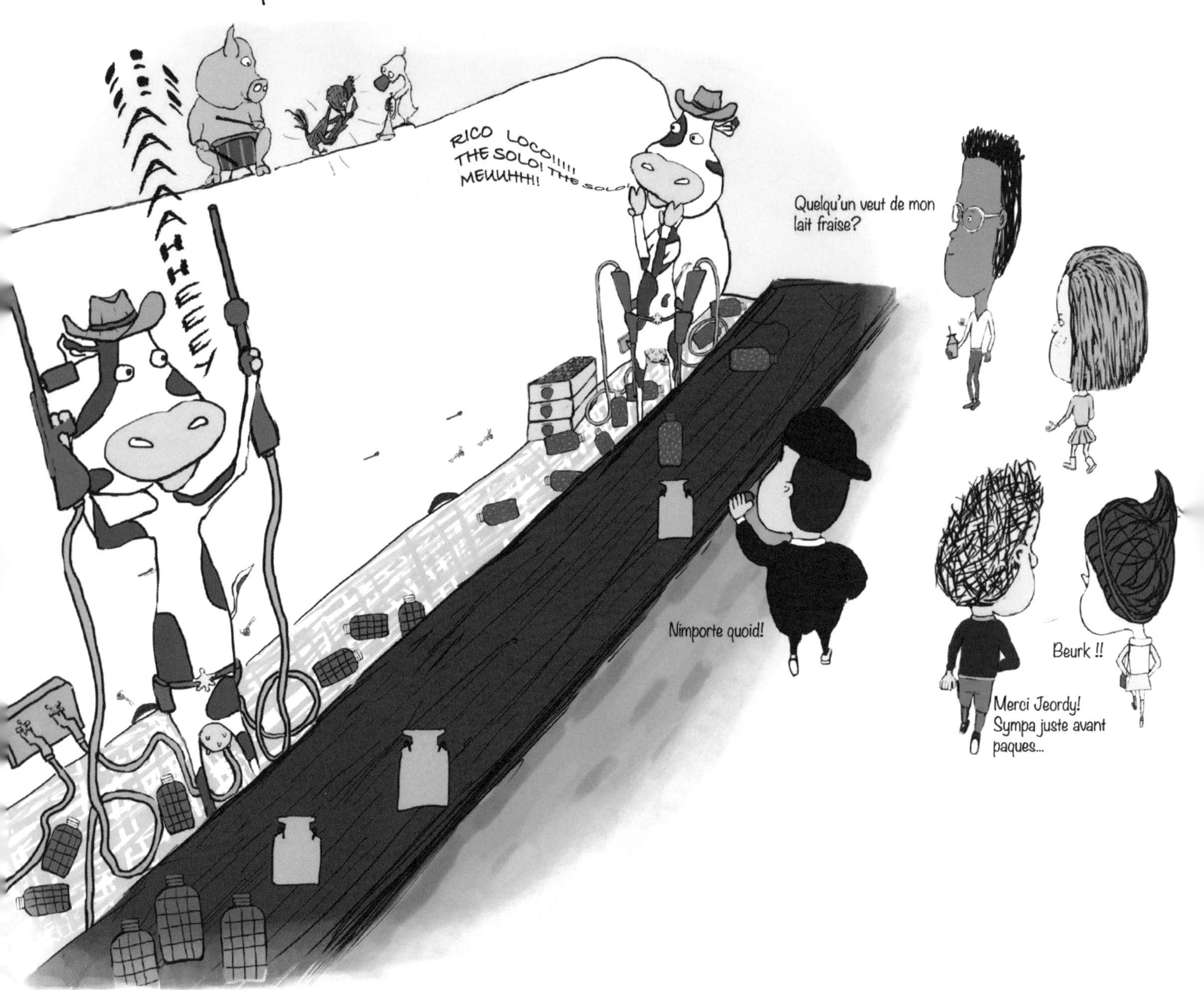

Avant qu'ils ne puissent poser des questions, Rico, le petit coq, toujours sur le wagon, saute en l'air gracieusement et explose en enflammant sa guitare. Alors qu'il se donne à fond, il glisse et disparaît soudainement derrière le wagon-citerne...

Sous une pluie de Chocoboom et de Berry Bliss, les cinq amis font leurs adieux à Margaret et Marguerite, en leur promettant de venir les voir à la ferme dimanche prochain pour leur deuxième aventure de la saison.

Pendant ce temps, Alfred, qui savourait son goûter tranquillement, est brusquement interrompu par une pluie collante de lait au chocolat et à la fraise, qui commence à lui dégouliner dans le dos !

« Argh, et ça continue… Ils vont me gâcher ma journée ! »

Trempé, il quitte sa locomotive pour aller se rincer dans le lac voisin.

Les amis suivent la délicieuse odeur de fromage jusqu'au prochain wagon. Là, ils trouvent la plus grande montagne de fromages qu'ils aient jamais vue ! Des triangles de fromages rouges, des cercles de fromages bleus, des fromages verts carrés, et de toutes les couleurs, formes et tailles intermédiaires.
Le général Minimus et sa troupe de souris sont occupés à couper le fromage et à s'assurer que tout est prêt pour la bataille. Le lieutenant Lilipus teste les catapultes tandis que Rikikus teste les lance-pierres.
Le général Minimus annonce les règles du jeu : « Intercepter et manger le fromage en plein vol ». Les enfants se mettent en position avec enthousiasme.
« Prêts, feu, tirez ! » PAN !! PAN !!

Des morceaux de fromage volent dans toutes les directions.
Sur le champ de bataille, les cinq amis se faufilent, se baissent, sautent et esquivent, mais ils se font quand même bombarder sur tous les fronts. Malgré tout, ils réussissent à attraper et manger beaucoup de fromage.

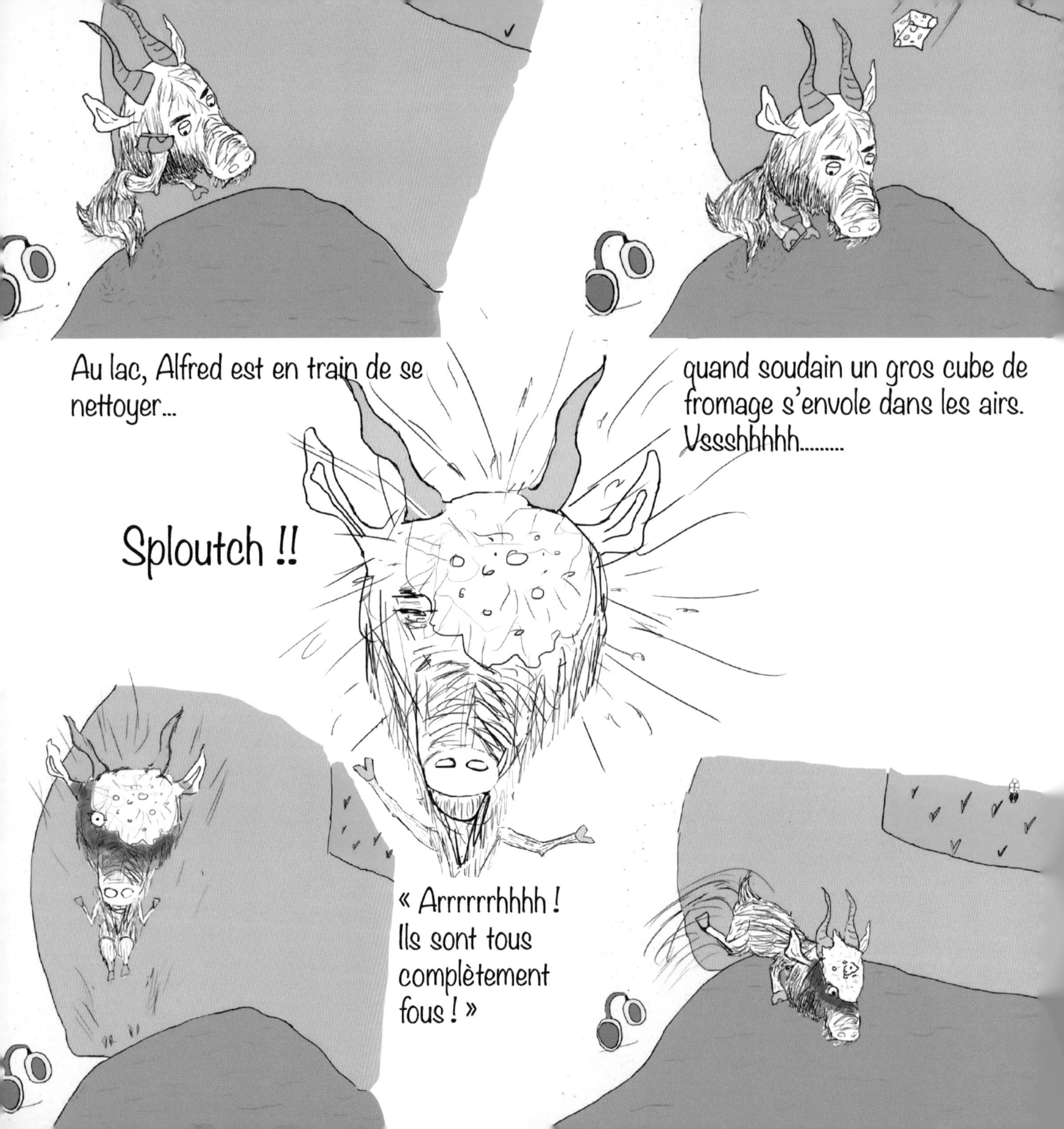
Au lac, Alfred est en train de se nettoyer...
quand soudain un gros cube de fromage s'envole dans les airs. Vssshhhhh.........
Sploutch !!
« Arrrrrrhhhh ! Ils sont tous complètement fous ! »

Furieux, Alfred plonge dans le lac et s'en va à la nage... aussi loin que possible...

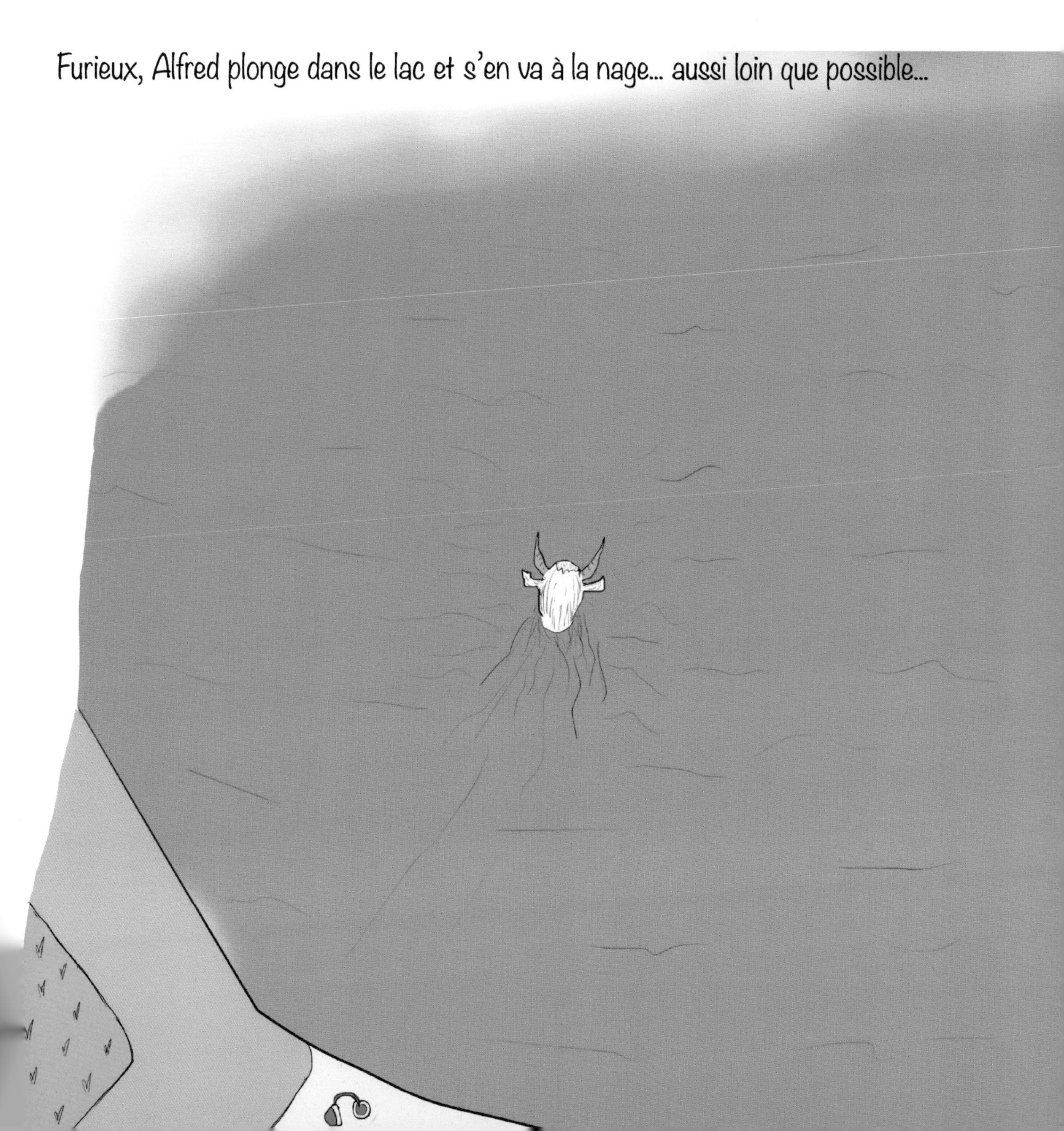

Nos cinq petits gladiateurs n'en peuvent plus. Ils quittent victorieusement le « Chariot » à Fromage, rassasiés mais épuisés.
La bataille a été rude !

Tout collants et couverts de fromage, ils passent à tour de rôle aux ratons laveurs.

Kelly, la coach, donne des instructions à ses élèves :

« C'est parti... faites mousser !
Barnabé... plus vite... réveille-toi !
Très bien, Mireille ! »

SPINNING
CLASSES

Les enfants, tout beaux, tout neufs, sont accueillis dans le wagon-bibliothèque par Béatrix, la conteuse d'histoires qui se réalisent.
Elle tire un livre d'une étagère pleine d'histoires magiques et commence à lire.

C'est l'histoire de Citrouille ville où une petite fille qui vit dans un petit village trouve une graine colorée et « magique ». Après l'avoir plantée, la graine commence à pousser à une vitesse fulgurante et devient une citrouille énorme...

Orla, passionnée de jardinage, est totalement captivée !

Mais l'histoire est brusquement interrompue par un marcassin qui vient chiper le livre dans les mains de Béatrix. Ses frères et sœurs arrivent en renfort et se jettent aussi sur le livre, le déchirant en lambeaux en quelques secondes.

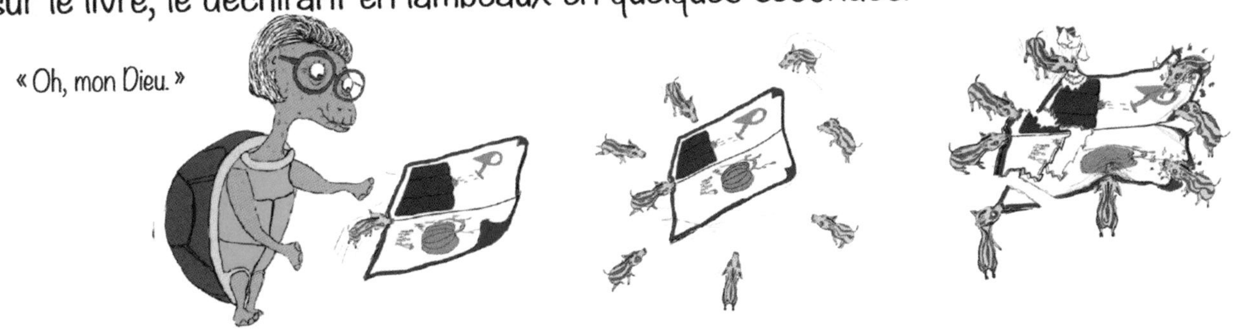

Alors que les enfants se préparent à quitter le wagon, Béatrix chuchote à l'oreille d'Orla.

« PssPss » ... « Dans l'un des grands sacs de graines du wagon exotique, j'ai vu une graine jaune, bleu et vert... »

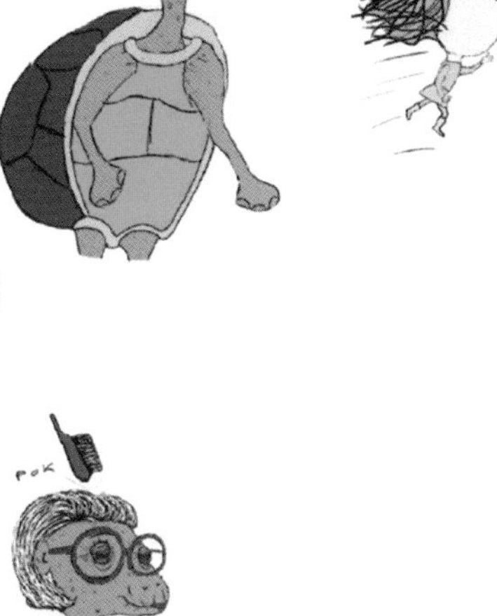

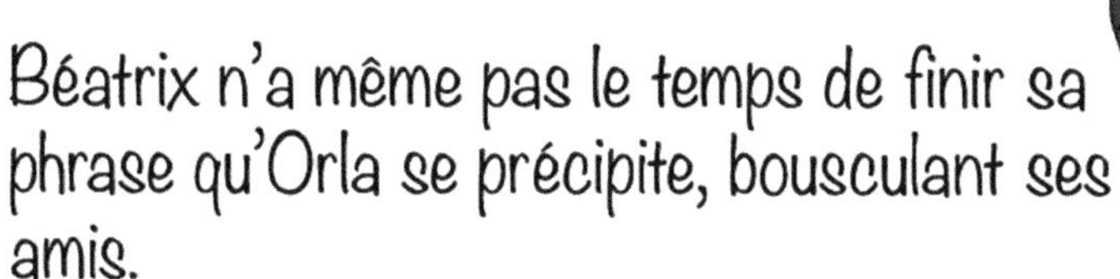

Béatrix n'a même pas le temps de finir sa phrase qu'Orla se précipite, bousculant ses amis.

« Maintenant, il ne me reste plus qu'à créer une graine "magique". Une graine, un peu de peinture, et voilà ! Plus qu'à aller la cacher discrètement sans me faire voir par Orla ! Hii hii hiii... Chut !

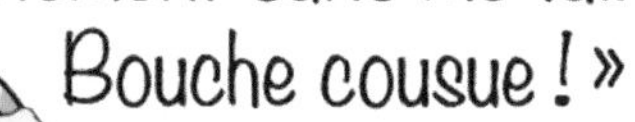

Bouche cousue ! »

Orla arrive au wagon exotique la première et plonge directement dans les sacs de graines, bien décidée à retrouver la fameuse graine magique.
Alors que les autres arrivent tranquillement, ils restent bouche bée devant ce magnifique wagon couvert de plantes.

Des colibris virevoltent silencieusement autour d'eux, fabriquant habilement de superbes colliers, bracelets, chapeaux et robes, le tout tressé avec des fleurs aux mille couleurs et parfums. Mia aime la mode et admire Karlito, qui fait les retouches finales sur sa dernière création.

Avez-vous vu où Béatrix a caché la graine magique ?

Grand-ma Cookies, célèbre pour ses biscuits au chocolat, se précipite à l'intérieur du wagon. En un clin d'œil, elle en ressort avec une grosse poignée de gousses de vanille et un sac de cacao. Tout le monde a compris ce que cela signifie : la grande pâtissière va bientôt préparer ses fameux cookies ! Les enfants se regardent en souriant, impatients. Miam, miam !Les cinq amis vont tout faire pour mettre la main sur ces biscuits dans la dernière aventure de la saison.

Avant de quitter le wagon exotique, Mia ne peut pas s'empêcher de faire un peu de shopping et finit par dévaliser tout le wagon.

Le dernier wagon est celui du seul et unique Cyrus le motard, le roi de la mécanique. Il aide Tom et Jeordy à faire les plans pour transformer leurs tricycles en petits dragsters ultra-rapides.

Tom décroche et ne peut s'empêcher de fouiller dans toutes les boîtes qui traînent un peu partout dans le wagon. Il trouve une boîte très intéressante contenant plein de petites bouteilles.

L'une d'elles porte l'étiquette « Huile synthétique 9000 », une autre « Éco Minéral 5 M30 Co2 » et une petite rouge « Nitro G 20000 ». Il met quelques gouttes de chaque sur le moteur sur lequel ils travaillent. Soudain, Cyrus s'écrie : « Nonnn, Tom ! Pas la nitroglycérine ! »

Le moteur explose dans toutes les directions.

Oh oh ! Où est passé le piston ?

De l'autre côté du lac, Alfred se détend enfin...

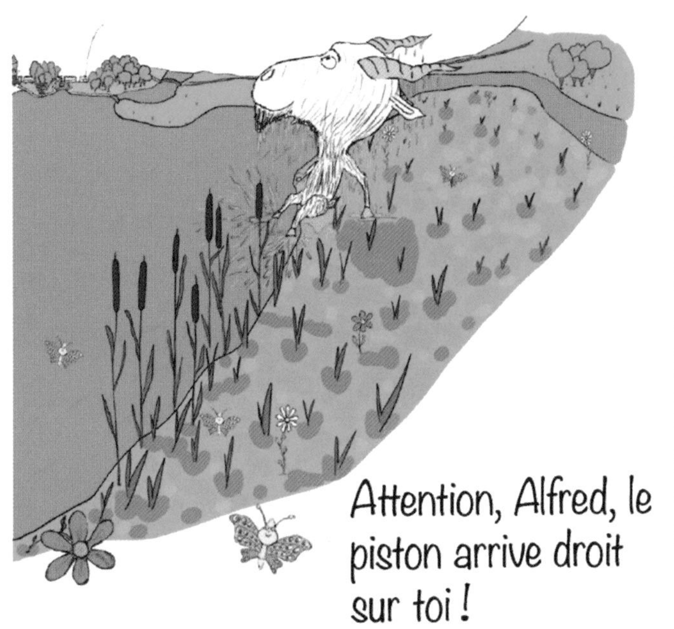

Attention, Alfred, le piston arrive droit sur toi !

« Ahhhh ! Enfin un peu de calme, loin du brouhaha. »

BING! Trop tard !

Le pauvre Alfred n'a vraiment pas de chance aujourd'hui !

Mia et Dean ont entendu l'explosion et se précipitent vers leurs amis avec une trousse de premiers soins. Les deux médecins en herbe réconfortent et soignent leurs amis encore sous le choc et bien amochés.

Alors qu'ils reprennent lentement le chemin de la imaison, ils aperçoivent Orla, qui est toujours à la recherche de la graine magique.« Attends, on va t'aider. »

Alfred est de retour avec un énorme coquard et un gros mal de tête. La journée a été longue pour le petit bouc, mais il est finalement temps de préparer l'Express pour rentrer.

Avec soulagement, il annonce le départ. « TRIIIIITT ! TRIITT ! » Le sifflet retentit. « C'est parti ! » « Attention, départ ! » dit Alfred.

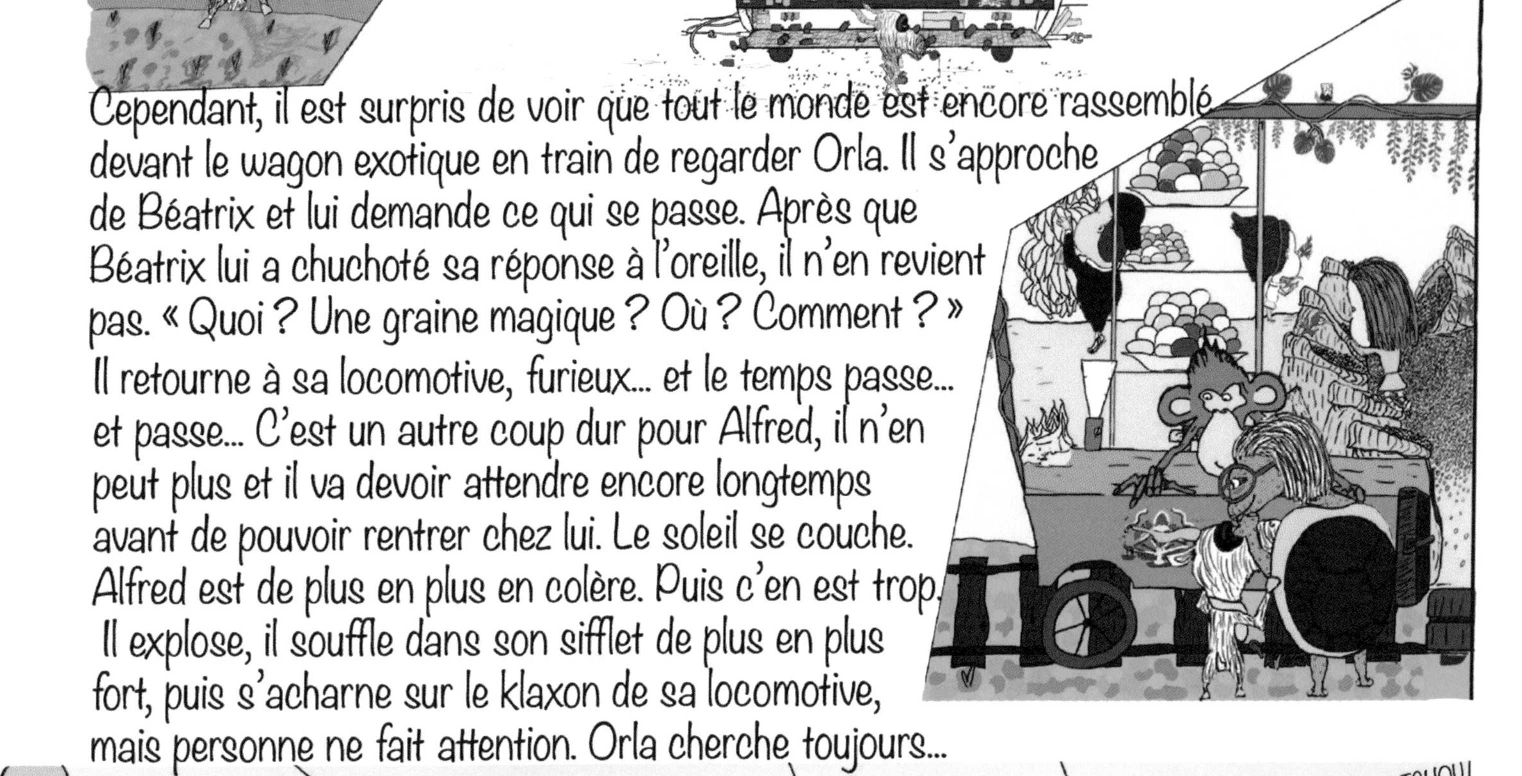

Cependant, il est surpris de voir que tout le monde est encore rassemblé devant le wagon exotique en train de regarder Orla. Il s'approche de Béatrix et lui demande ce qui se passe. Après que Béatrix lui a chuchoté sa réponse à l'oreille, il n'en revient pas. « Quoi ? Une graine magique ? Où ? Comment ? » Il retourne à sa locomotive, furieux... et le temps passe... et passe... C'est un autre coup dur pour Alfred, il n'en peut plus et il va devoir attendre encore longtemps avant de pouvoir rentrer chez lui. Le soleil se couche. Alfred est de plus en plus en colère. Puis c'en est trop. Il explose, il souffle dans son sifflet de plus en plus fort, puis s'acharne sur le klaxon de sa locomotive, mais personne ne fait attention. Orla cherche toujours...

Beaucoup plus tard, il fait nuit noire.

« Je l'ai trouvée ! » crie Orla en brandissant la graine magique.

Mais Alfred s'est endormi.

Je l'ai trouvée!!
YEAHHH !!!!

Le lendemain matin, Orla et ses amis se réveillent très tôt pour planter la graine dans leur potager.
Dès que les cinq petits amis tournent le dos, Béatrix sort furtivement de derrière les arbres avec une citrouille !
« Hii hii hiii... Chut ! Bouche cousue ! »

.... Mais combien de temps pourra-t-elle encore leur faire croire à la graine magique ?
Pour le savoir, suivez les citrouilles dans leurs deux prochaines aventures.

FIN

Printed in Great Britain
by Amazon